Errikos Kalyvas

22 Cuentos Infantiles

22 Cuentos infantiles

Escrito por Errikos Kalyvas

Publicado por epsilon kapa publishing

Copyright 2013 Errikos Kalyvas

version de Augusto 2017 (correcciones en mayo de 2021)

Illustrado por Claudia Gottardo

**Visítenos en www.ekpub.com.
¡Suscríbase a nuestra lista de correo
y obtenga libros y actualizaciones gratis!**

A mis queridas hijas

Licencia

ISBN 978-618-5174-06-4

Índice

01. El conejo y el anciano --- 5

02. El Beduino --- 11

03. Hugo el erizo --- 17

04. Niou-Niou el pez que quería ver el mundo --- 25

05. El pulpo y el pescador --- 31

06. El estudiante y los caracoles --- 37

07. La osa que fue al circo --- 43

08. La fiesta del guisante (inspirado en Lilipoupoli) --- 49

09. Los tres delfines --- 55

10. La cabra que no tenía leche para su bebé --- 61

11. El muñeco de nieve --- 65

12. El burro y el granjero desagradecido --- 69

13. La niña y el perro --- 73

14. La verdadera historia de la hormiga y la cigarra --- 77

15. La gallina astuta --- 83

16. Gina, la hermosa mariposa --- 87

17. La oruga que se convirtió en mariposa --- 91

18. No quedan más galletas en el tarro --- 95

19. El cangrejo y el pez --- 99

20. La niña y la araña testaruda --- 103

21. El escarabajo y la bola de estiércol --- 109

22. El mosquito que no podía beber sangre --- 113

01. El conejo y el anciano

Érase una vez un conejito muy astuto al que, como a todos los conejos, le encantaban las zanahorias y la lechuga tierna, así que cavó un profundo hoyo hasta un huerto que había encontrado para poder comerse todas las verduras que quisiera.

Un día el anciano, que era el dueño del huerto, se cansó de que alguien se comiese siempre todas sus verduras y decidió traer a un perro para que vigilase su huerto.

Cuando el conejo llegó al huerto al día siguiente, se encontró con un enorme y baboso perro observándolo desde detrás de la valla, y cuando este le ladró, salió corriendo del susto.

Pasaron uno, dos, tres y hasta cinco días, y el pequeño conejo seguía mirando el huerto a lo lejos. ¡Cuánto echaba de menos esas crujientes zanahorias! Tenía que encontrar una solución. Y así fue, estaba allí sentado, todo triste mientras observaba el huerto, cuando de pronto se le ocurrió una gran idea. Corrió hasta la aldea y se fue directo a la carnicería. Cogió un poco de carne y unos cuantos huesos de la basura del carnicero y regresó a donde estaba perro. Entonces le lanzó la carne y mientras él comía con avidez, el conejito se coló en el jardín y logró comerse un par de zanahorias.

Pasaron tres días enteros y el conejito siguió repitiendo el mismo proceso: cogía un poco de carne que había desechado el carnicero y se la lanzaba al perro. Mientras este se comía la carne, él podía comerse sus verduras tranquilamente. El anciano, que se había dado cuenta de lo que estaba pasando, pensó que el perro no era muy buen guardián, así que decidió traer a una osa.

Al día siguiente, cuando el pequeño conejo vio a la osa, dejó caer toda la carne que llevaba y se quedó mirando con incredulidad. Pasaron uno, dos, tres, y cinco días, hasta que por fin se le ocurrió un nuevo plan. Se fue hacia el bosque en busca de un panal de abejas. Llenó un pequeño cubo de miel –todo el mundo sabe que a los osos les encanta la miel– y se lo llevó a la osa. En cuanto la osa olió la miel, ¡se volvió loca! Se sentó en una esquina y empezó a comerse toda la miel con un apetito voraz. El pequeño conejo entró de nuevo en el huerto y empezó a recoger las zanahorias; ¡la osa apenas le prestó atención!

Pasaron otros tres días y el conejo siguió alimentando a la osa con miel mientras él se colaba en el huerto. Pero el anciano se dio cuenta de que tampoco podía confiar en la osa, así que decidió traer a un elefante.

Al día siguiente, cuando el pequeño conejo llegó y se encontró al elefante vigilando el huerto, corrió hasta su amigo el ratón y le dijo:

—Por favor, amigo ratón, tú sabes que los elefantes le tienen miedo a los ratones. ¿Podrías acercarte a darle los buenos días y asustarlo un po-quito?

—Sí, claro, ¡lo haré encantado! —dijo el ratón son-riendo, y se deslizó bajo la valla.

Unos segundos más tarde, el pequeño conejo escuchó un sonido similar al de una trompeta y vio cómo el elefante derribaba la cerca y salía corriendo hacia el monte. El pequeño conejo le dio las gracias al ratón y entró al huerto de nuevo para comer zana-horias hasta quedar lleno.

Cuando el anciano vio lo que había sucedido, se dio cuenta de que no podía hacer nada para librarse de ese conejo, era demasiado astuto. Pero el anciano, que también era muy listo, encontró una manera de convertir su derrota en una victoria. Se acercó al pequeño conejo, que lo miraba sosteniendo su enorme panza y dijo:

—Creo que eres demasiado inteligente. ¿Qué te parece si hacemos un trato?

–¿A qué te refieres exactamente? –dijo el conejo con curiosidad.

–Tú podrías vigilar el huerto, y a cambio podrás comer todas las zanahorias que quieras.

El conejo se lo pensó un poco y respondió:

–Está bien, ¡trato hecho!

Y así, el conejo y el anciano llegaron a un acuerdo: el anciano estaba feliz por tener a alguien a cargo de su huerto y el pequeño conejo podía comer tantas zanahorias como quisiera sin tener que esforzarse demasiado.

¡Y vivieron felices para siempre!

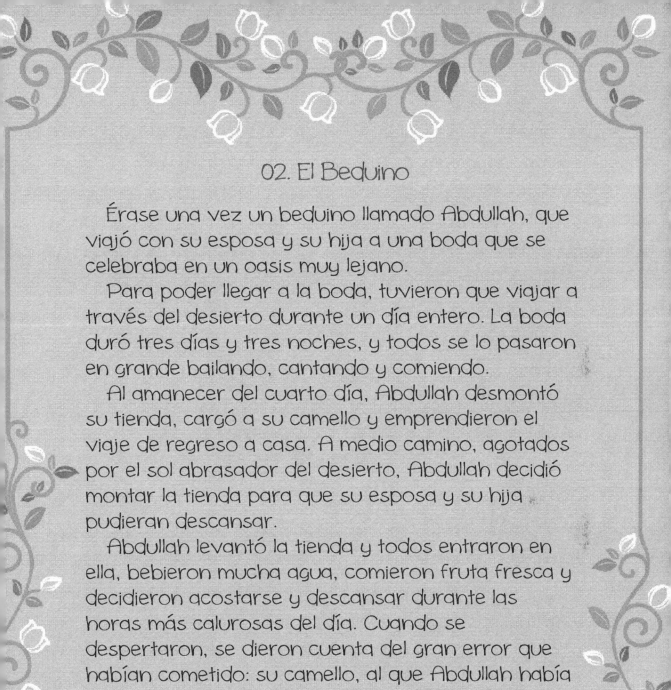

02. El Beduino

Érase una vez un beduino llamado Abdullah, que viajó con su esposa y su hija a una boda que se celebraba en un oasis muy lejano.

Para poder llegar a la boda, tuvieron que viajar a través del desierto durante un día entero. La boda duró tres días y tres noches, y todos se lo pasaron en grande bailando, cantando y comiendo.

Al amanecer del cuarto día, Abdullah desmontó su tienda, cargó a su camello y emprendieron el viaje de regreso a casa. A medio camino, agotados por el sol abrasador del desierto, Abdullah decidió montar la tienda para que su esposa y su hija pudieran descansar.

Abdullah levantó la tienda y todos entraron en ella, bebieron mucha agua, comieron fruta fresca y decidieron acostarse y descansar durante las horas más calurosas del día. Cuando se despertaron, se dieron cuenta del gran error que habían cometido: su camello, al que Abdullah había atado en la entrada de la tienda, había desaparecido. Salió a buscarlo por todas partes, pero no lo encontró. Más tarde, cuando regresó a la tienda cayó rendido en un profundo sueño.

Cuando se despertó a la mañana siguiente, se sentía mucho mejor. Había dormido muy bien y había descansado mucho. Se bebió el café que le había preparado su esposa, jugó un rato con su hija, se colocó el turbante alrededor de la cabeza y salió al desierto que recién despertaba de su letargo después de una noche muy fría.

Buscó al camello durante toda la mañana, pero no tuvo suerte. Al mediodía regresó a la tienda cansado y apenado, estaba empezando a preocuparse. Al principio pensó que todo iría bien, que su camello había desaparecido, pero que al final regresaría. Pero ya había pasado un día entero y aún no había ni rastro del camello. Le preocupaba que hubiera sido atacado por unos chacales durante la noche. Se deshizo su turbante, se limpió la frente, saludó a su esposa y su hija se echó en sus brazos.

Comió sin mucho apetito, despacio y con desgana. Sin decir una palabra, se acostó y se puso a descansar, perdiéndose en el inmenso mundo de los sueños.

Esa tarde se despertó con la confianza renovada. Se bebió el té, comió un par de dátiles, se puso su turbante y salió en busca del camello después de despedirse de su mujer y su hija. Al atardecer regresó completamente triste y frustrado.

Ya habían pasado tres días. Abdullah había intentado no perder la esperanza, pero empezaban a quedarse sin agua y comida. Se habían embarcado en un viaje de un día y ya se habían pasado por mucho del límite de tiempo. Al mediodía, Abdullah se sentó a repartir la comida que quedaba, para él se guardó tres pequeños dátiles y tres sorbos de agua.

De repente, escuchó algo respirando muy fuerte. Salió de la tienda para ver qué era y se encontró con un anciano despeinado y con una larga barba blanca y sucia, a punto de desmayarse. El sudor recorría su frente y sus labios, y todo sediento dijo:

—Agua, por favor. En el nombre de Allah, dame un poco de agua.

Abdullah le tomó del brazo y le ayudó a entrar en la tienda. Lo sentó sobre un cómodo cojín y le dio su agua y su comida. La mujer de Abdullah también sintió lástima por el anciano y le dio su parte de agua y comida.

Cuando el anciano acabó de comer y beber, susurró:

–Gracias...–y se tumbó a descansar sobre la fina alfombra.

Todos se fueron a dormir, pero esa noche Abdullah tuvo un sueño muy extraño. Como si estuviese despierto, el anciano apareció en sus sueños; su pelo y su barba se movían con la brisa. Le miró y de pronto una cálida luz llenó el horizonte.

–Abdullah...–dijo el anciano. Sus palabras resonaban como un eco que venía de lo más profundo del universo. Abdullah se encogió de miedo.

–Soy el espíritu del desierto, –continuó el anciano– he venido a ponerte a prueba. Sabía que habías perdido a tu camello y que os estabais quedando sin comida y sin agua. Quería saber si tu alma es pura. Quería saber si sentirías lástima de un anciano débil y si le ofrecerías tu última comida y tu último sorbo de agua.

Abdullah intentaba entender si lo que estaba viendo era cierto, el sueño parecía tan real. El anciano continuó:

–Y así ha sido. Me has ofrecido agua y comida a pesar de que no tenías suficiente para ti y tu familia. Tu alma es buena y pura, y por ello, vas a ser recompensado.

Abdullah se despertó sobresaltado. Las palabras del anciano aún resonaban en su cabeza. De repente se levantó y vio que el anciano ya no estaba en la tienda. Su esposa y su hija estaban profundamente dormidas. Salió a fuera, y se encontró a su camello frente a la tienda. Se acercó al camello y acarició su cabeza.

–¿Dónde estabas, corazón? –preguntó– ¿Dónde te habías metido? –y lo abrazó. Entonces, se dio cuenta de que el camello estaba cargado con cosas. Abrió los sacos con cuidado: en uno había comida, fruta, y carnes curadas, y junto al saco, colgaba una bolsa de piel de cabra llena de agua. Pero aún había dos sacos más: uno estaba lleno hasta arriba con monedas de oro y el otro con diamantes y piedras preciosas.

–Gracias...–dijo Abdullah– Gracias, espíritu del desierto. –y rezó una oración.

Al anochecer, Abdullah y su familia llegaron a casa. Sus amigos y familiares estaban preocupados pensando que se habrían perdido, y al ver que estaban bien todos saltaron de alegría. ¡Celebraron una gran fiesta que duró hasta el amanecer!

¡Y vivieron felices para siempre!

03. Hugo el erizo

Érase una vez, un pequeño erizo llamado Hugo que vivía cerca del bosque con su mamá y su papá. Era un chico muy bueno pero un poco travieso, o al menos, tan travieso como lo son todos los niños de su edad.

Una mañana, mientras su papá estaba en el trabajo y su mamá estaba ocupada cocinando, Hugo estaba jugando solo en el jardín, cuando de pronto paró de jugar y se quedó mirando el viñedo que había en el campo de al lado. Era finales de agosto y las viñas estaban llenas de enormes racimos de uvas; y a Hugo le encantaban las uvas. Sus papás le habían dicho muchas veces que no se alejara demasiado de casa él solo, así que sin decírselo a su mamá, se alejó del jardín y se dirigió a la viña. "Solo serán un par de minutos", pensó.

Entró en el viñedo y se puso a trabajar. Recogía a toda velocidad las uvas que habían caído y las colocaba sobre sus púas. Después de habérselo pasado tan bien, se sentía un poco cansado y decidió salir del viñedo y comer las uvas tranquilamente bajo un gran árbol. Cuando acabó de comerse las uvas, se tumbó a descansar y se quedó dormido en un segundo.

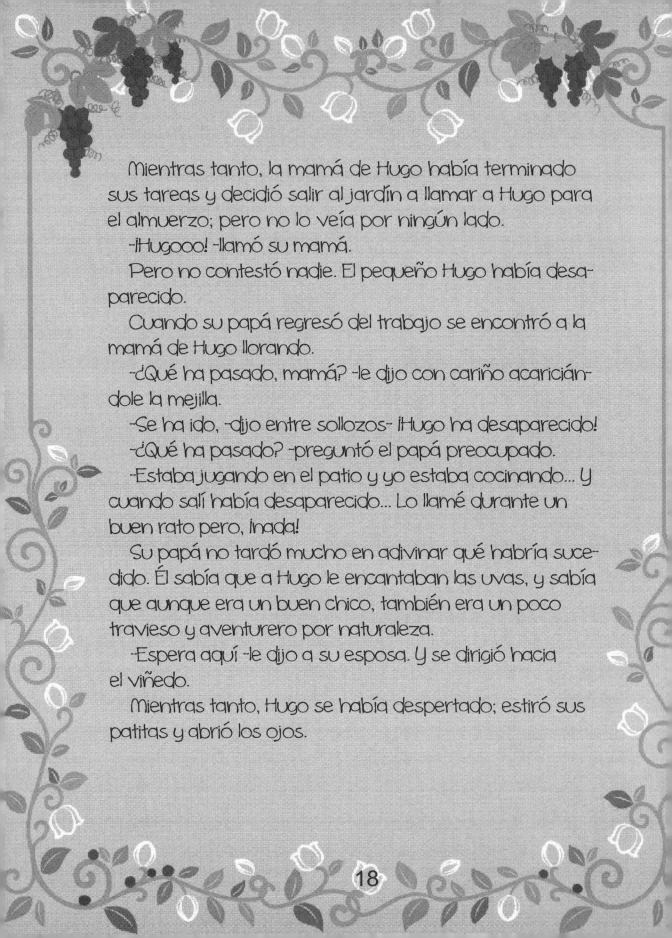

Mientras tanto, la mamá de Hugo había terminado sus tareas y decidió salir al jardín a llamar a Hugo para el almuerzo; pero no lo veía por ningún lado.

-¡Hugooo! -llamó su mamá.

Pero no contestó nadie. El pequeño Hugo había desaparecido.

Cuando su papá regresó del trabajo se encontró a la mamá de Hugo llorando.

-¿Qué ha pasado, mamá? -le dijo con cariño acariciándole la mejilla.

-Se ha ido, -dijo entre sollozos- ¡Hugo ha desaparecido!

-¿Qué ha pasado? -preguntó el papá preocupado.

-Estaba jugando en el patio y yo estaba cocinando... Y cuando salí había desaparecido... Lo llamé durante un buen rato pero, ¡nada!

Su papá no tardó mucho en adivinar qué habría sucedido. Él sabía que a Hugo le encantaban las uvas, y sabía que aunque era un buen chico, también era un poco travieso y aventurero por naturaleza.

-Espera aquí -le dijo a su esposa. Y se dirigió hacia el viñedo.

Mientras tanto, Hugo se había despertado; estiró sus patitas y abrió los ojos.

Mientras tanto, Hugo se había despertado; estiró sus patitas y abrió los ojos. Empezaba a oscurecer cuando de pronto, en la penumbra, vio una figura. Se frotó los ojos y miró de nuevo. En cuanto se dio cuenta de lo que era, se quedó paralizado. Frente a él había un zorro apuesto mirándolo con evidente interés. Es un hecho bien conocido que a los zorros les encantan los erizos, y cuando digo que les encantan, me refiero a que les gustan como comida, no como compañía.

‒¿Qué ocurre, pequeño? ‒preguntó el astuto zorro sonriendo‒ ¿Te has perdido?

Hugo no sabía qué responder. Se enrolló formando una bola, igual que le había enseñado su papá, y rodó colina abajo. Al parecer el zorro no se esperaba una reacción tan rápida y por unos momentos se quedó algo confuso, pero unos segundos después, se espabiló y corrió tras él. Gracias, tal vez, a su lenta reacción o posiblemente al hecho de que ya había oscurecido, el pequeño erizo logró escapar. Rodó y rodó hasta que llegó a un pequeño riachuelo. ¡Quién sabe lo lejos que estaba de casa!

‒¡Papá! ¡Mamá! ‒gritó, y se echó a llorar.

Mientras tanto, su papá estaba en el viñedo cuando se encontró con un ciempiés con cuarenta patas.

-Buenos días, señora Ciempiés. ¿Por casualidad no habrá visto a mi hijo Hugo? Es un buen chico, aunque un poco travieso.

-Buenos días, señor Erizo. -contestó la señora Ciempiés- Lo vi a la hora de comer. Cuando estaba a punto de echarme una siesta, vi a un pequeño y travieso erizo corriendo arriba y abajo recogiendo uvas con sus púas.

-¡Qué buena noticia! ¿Y sabe a dónde fue después?

-Sí, lo vi yendo hacia ese gran árbol -dijo señalando el árbol al que había ido Hugo para comer sus uvas y descansar del calor del mediodía.

-¡Muchísimas gracias! -dijo el papá de Hugo ha-ciendo una reverencia de agradecimiento.

Entonces, se dirigió hacia el árbol y como ya había oscurecido, se encontró con a una luciérnaga. ¡Qué luciérnaga tan bonita!¡Cómo brillaba! Parecía una luz mágica de color amarillo, igual que las lámparas de los enanitos de Blancanieves. El papá de Hugo carraspeó un poco para llamar su atención y dijo:

-Buenas tardes, señorita Luciérnaga.

-Buenas tardes. -contestó- Linda tarde.

-Cierto, pero la belleza de este atardecer se ve ensombrecida por el hecho de que he perdido a mi hijo y lo estoy buscando.

La luciérnaga le miró con cara de preocupación y su luz cambió y se volvió un poco azulada.

-¿Por casualidad su hijo no será un pequeño y travieso erizo?

-¡Sí, así es! -respondió con un tono esperanzador- ¿Lo ha visto por aquí?

-Estuvo aquí hace un rato, pero no me atrevo a contárselo... -respondió la luciérnaga con una voz áspera.

-¿Por qué, qué ha pasado? ¡Me tiene muy preocupado!

-¡Ay! Verá...Estaba aquí tranquilamente cuando el pequeño erizo se despertó y...

-¿Y qué pasó después? -insistió.

-No quiero asustarle, pero cuando se despertó había un zorro...

-¿Y qué pasó entonces? Dígamelo por favor...-dijo el papá de Hugo con voz temblorosa.

-Entonces el muchacho se hizo un ovillo y rodó colina abajo, por allí, y el zorro le siguió.

-¡Muchísimas gracias! -contestó el papá apresuradamente mientras rodaba en la misma dirección en la que fue su hijo. La luz de la luciérnaga parpadeó.

-¡Papá! -escuchó mientras se acercaba al arroyo.

-¡Hugo! -le contestó aliviado.

En cuanto se encontraron se dieron muchísimos abrazos y besos. Los dos se habían llevado un buen susto. En lo único que pensaba su papá era en encontrarle, y Hugo había aprendido la lección.

-No llores hijo mío, ya pasó, todo va a ir bien. Lo que me hiciste pasar... -le dijo su papá mientras lo abrazaba para consolarlo. Y regresaron a casa con su mamá, que también estaba muy triste y preocupada.

En cuanto su mamá lo vio, lo tomó entre sus brazos y lo abrazó y acarició cariñosamente.

-Tranquilo hijo, ya pasó, todo está bien ya. -le dijo con ternura.

Cuando todos se calmaron, entraron en casa y se sentaron a comer un poco de sopa que había preparado la mamá de Hugo. Sin duda, el pequeño erizo había aprendido la lección.

Y para postre, cómo no, el plato favorito de Hugo, ¡uvas!

Y vivieron felices para siempre.

04. Niou-Niou el pez que quería ver el mundo

Érase una vez, un pequeño y hermoso pez azul llamado Niou-Niou que vivía en las aguas poco profundas del mar Egeo, en Grecia.

El pequeño Niou-Niou se sentía muy solo porque no tenía ningún amigo, así que un día decidió ir a viajar por el mundo. Cogió su mochila, una muda de ropa y un bocadillo para el camino, se lavó los dientes y se puso en marcha.

Un poco más adelante, justo antes de donde empiezan las aguas profundas vio a un pequeño pez rojo. Cuando se acercó un poco más, el pez le dijo:

-¡Buenos días! -dijo el pez rojo.

-¡Buenos días! -contestó Niou-Niou.

-¿Cómo te llamas?

-Me llamo Niou-Niou, ¿y tú?

-Yo me llamo Piou-Piou.

-Hola Piou-Piou. Qué día tan bonito hace, ¿verdad?

-Sí. ¿A dónde vas?

-Oh, bueno, voy a ir de viaje por el mundo. Quiero hacer muchos, muchos amigos.

-¡Wow! ¿Te apetece que juguemos juntos un poco antes de que te vayas?

-Sí, por qué no. -respondió Niou-Niou contento.

Así que Niou-Niou y Piou-Piou se pasaron el día entero juntos. Jugaron al gato y al ratón, al escondite, pintaron y jugaron con plastilina y con bloques de arena. A la hora de comer, la mamá de Piou-Piou les preparó pizza de algas y camarones, y después de descansar un poco continuaron jugando hasta el anochecer. Se lo pasaron en grande, y cuando llegó la hora de despedirse, Niou-Niou dijo:

-¡Es increíble cómo pasa el tiempo!

-Sí, es verdad, ¡y al final no te has ido!

-Bueno, ahora es demasiado tarde. Ya me iré mañana.

-Buenas noches, entonces.

-Buenas noches, Piou-Piou.

Y se fueron a sus casas a dormir.

Al día siguiente, Niou-Niou cogió de nuevo su mochila y se preparó para emprender su viaje y hacer muchos amigos. Se lavó los dientes, bebió un vaso de leche y salió a mar abierto. A medio camino, se encontró con Piou-Piou otra vez, que acababa de levantarse.

-¡Buenos días!

-¡Buenos días, Piou-Piou! -contestó Niou-Niou.

-¿Vas a empezar tu viaje por el mundo?

-Sí, llevo mi mochila y un bocadillo para el camino.

-¡Oh, genial! ¿Te apetece que juguemos un poco antes de que te vayas?

-Claro, juguemos un poco y después me iré.

Y los dos pececitos se pasaron toda la mañana jugando y riendo. Corrieron y se escondieron entre las algas, jugaron con los bloques de arena y pintaron un poco. Se lo pasaron en grande. A la hora de comer, la mamá de Piou-Piou había salido, así que se escondieron detrás de una pequeña roca y, como hacen los buenos amigos, compartieron el bocadillo, y después se tumbaron a descansar un poco. Cuando se despertaron, ya era el atardecer y empezaron a contarse cuentos e historias, y antes de que se dieran cuenta ya se había hecho de noche.

-Qué bien me lo he pasado hoy. -dijo Piou-Piou.

-Sí, hemos jugado un montón.

-Pero ahora es de noche, y quizás es demasiado tarde para que salgas de viaje.

-Es cierto, -dijo Niou-Nio- pero no pasa nada, empezaré mi viaje mañana.

-¡Buenas noches, Niou-Niou!

-¡Buenas noches!

Así que Niou-Niou se fue a su casa; estaba tan cansado que no tardó ni un segundo en tumbarse en la cama y quedarse profundamente dormido.

Al siguiente día, Niou-Niou cogió su mochila otra vez y se preparó para empezar su gran aventura; quería viajar por el mundo y hacer muchos amigos.

Justo antes de llegar a mar abierto, vio a Piou-Piou de nuevo.

—¡Buenos días! —dijo Niou-Niou.

—¡Buenos días! Hoy empiezas tu viaje, ¿no?

—Sí, ya estoy preparado.

—Vale, pero, ¿por qué no te quedas un rato y jugamos un poco antes de que te vayas?

—¡Claro! —contesto Niou Niou.

Ese día se lo pasaron aún mejor que todos los anteriores. Jugaron y se rieron hasta que llegó el atardecer y empezó a oscurecer.

—Al final, hoy tampoco te has ido. —dijo Piou-Piou.

—Sí, pero ¿sabes qué?, he decidido posponer el viaje.

—¿Ah, sí? ¡Qué bien! Pero, ¿por qué?

-Bueno, no es que no quiera ver mundo, pero me he dado cuenta de que no hace falta viajar muy lejos para encontrar un buen amigo.

Así que Ñiou-Ñiou regresó a su casa. Él y Piou-Piou hicieron muchos nuevos amigos en el vecindario y un tiempo después, los dos juntos se fueron de viaje por el mundo y vieron muchísimos lugares e hicieron muchos amigos. Pero esa es otra historia...

Y vivieron felices para siempre.

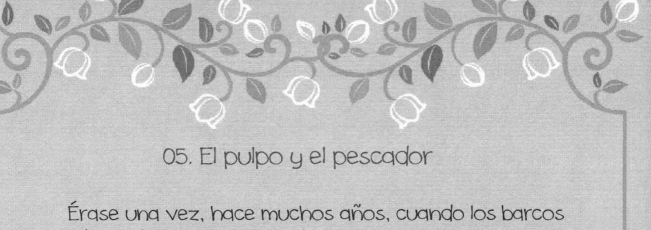

05. El pulpo y el pescador

Érase una vez, hace muchos años, cuando los barcos aún tenían velas y remos, un barco que navegaba por el mar Egeo, en Grecia, naufragó cerca de una costa escarpada cuando intentaba refugiarse de una tormenta.

El barco tenía muchas cosas, incluso ánforas.

Las ánforas eran jarras que se usaban antiguamente para guardar el aceite y el vino. Una de esas ánforas, que tenía un gran pulpo negro pintado en ella, cayó del barco y fue a parar cerca de la playa al lado de una gran roca.

Pasaron miles de años y el ánfora quedó enterrada en la arena hasta que una tormenta la sacó de nuevo a la luz. Entonces, un gran pulpo que pasaba por allí, vio la hermosa pintura y enseguida se dio cuenta de que esa podría convertirse en su casa. Se mudó allí con su esposa y no pasó mucho tiempo hasta que Dios les trajo no uno, sino cuatro hermosos pulpitos, tan pequeños como la palma de mi mano. Pasaron días y semanas, y los pulpitos fueron creciendo, y se convirtieron en el centro de atención de sus papás. ¡Los querían tanto!

Su papá nunca perdió la oportunidad de admirarlos y decirles cuánto les quería y lo orgulloso que estaba de ellos. Ellos también querían mucho a su mamá y a su papá. Eran una familia muy feliz.

Pero un día, un día gris que no presagiaba nada bueno, mientras sus papás habían salido a por algo de comer, los cuatro pulpitos estaban fuera de su casa jugando con una pequeña concha que habían encontrado, cuando de repente vieron una sombra abalanzarse sobre ellos. Apenas tuvieron tiempo de moverse cuando una mano los atrapó y los puso en una red. ¡Era un pescador! El hombre llevaba unas gafas para poder ver bajo el agua, un tubo para poder respirar y un arpón para pescar. Por suerte, los pulpitos le parecieron fáciles de pescar y no les disparó, pero les atrapó y los puso en una red atada a su pecho.

—¿Estáis todos bien? —preguntó uno de ellos.

—Sí, sí, estamos bien. —respondieron los demás.

Empezaron a buscar una forma de escapar, pero fue en vano; la red estaba totalmente cerrada.

—¿Qué vamos a hacer? ¿Cómo vamos a salir? —dijo uno llorando.

–Debemos esperar al momento adecuado... –¡Quiero ir con mi mamá y mi papá! –lloró el más pequeño de todos.

No habían avanzado mucho cuando un calamar los oyó. Este se dio cuenta de que eran los hijos de alguien, y se acercó a ver si podía ayudarles.

–¡Sácanos de aquí! –pidió uno de los pulpitos lloran-do.

Pero el calamar se dio cuenta de que no podría hacer nada para liberarlos.

–Tranquilos, enseguida vuelvo. –les dijo con una voz calmada y se fue en busca de sus padres. Cuando llegó al ánfora los vio, estaban muy tristes. Se acercó y les dijo:

–Sé dónde están vuestros hijos, ¡Seguidme!

–¿Lo sabes? ¿Dónde están mis pequeños? –dijo la mamá

–¡Seguidme, no hay tiempo que perder!

–Está bien, guíanos. –dijo el papá y cogió a su es-posa con el tentáculo.

Pronto vieron al pescador. Llevaba unas aletas y se alejaba muy rápido.

–¡Ahí están! –señaló el calamar.

–Ladrón cobarde... –dijo el papá– Yo le enseñaré.

Enseguida llegaron a unos pocos metros del pescador. El papá fue el primero en atacar quitándole las gafas y el tubo. La máscara cayó al fondo del mar y el señor se empezó a ahogar, así que subió a la superficie para respirar. Mientras tanto, su mamá desataba la red y el calamar le lanzaba tinta al pescador y le mordía. El pescador disparó al aire del susto, lanzó el arpón y nadó desnudo hasta la playa tan rápido como pudo. Lo único que logró salvar fueron sus aletas, todo lo demás lo perdió en el fondo del mar.

Los pequeños pulpos salieron de la red de inmediato. Pobres pequeños, estaba tan asustados que uno de ellos aún temblaba. Su mamá y su papá los abrazaron fuertemente y les llenaron de besos. ¡Imaginaos lo grande que debió ser el abrazo con ocho tentáculos!

Le dieron las gracias al calamar y regresaron a casa. Para cenar se comieron unos erizos de mar que sus papás habían conseguido y se fueron a la cama.

Poco después ya se habían olvidado de esa aventura que habían vivido y se quedaron dormidos todos juntos y abrazados.

¡Y vivieron juntos para siempre!

06. El estudiante y los caracoles

Había una vez un estudiante que vivía en una pequeña casa en el jardín de un bloque de apartamentos de una gran ciudad. Era un buen chico que vivía solo y que pasaba los días en la universidad y en la biblioteca, pero también en bares y cafés, eso sí, después de acabar sus tareas de la universidad. Era muy buen estudiante, quería ser médico.

La casa en la que vivía no era una casa exactamente, era más bien un gran cobertizo. Como el cobertizo de un jardinero. Le gustaba mucho vivir allí, pues ninguno de los demás vecinos bajaban al jardín y le encantaba tenerlo para él solo. En verano le gustaba sentarse en un banco de piedra que había al lado de la casa y beber una cerveza mientras escuchaba a las cigarras y a los grillos, y disfrutaba del aroma del jardín por la noche.

Era un verano estupendo. La casa quedaba apartada del ruido y rodeada por el sistema de riego. Le encantaba ese sonido. Cuando se tumbaba en la cama para intentar dormir, oía el suave sonido del agua que empezaba a gotear y se sentía más seguro. Sentía que el mundo era maravilloso y hermoso, y en poco se quedaba felizmente dormido. Soñaba con flores, escarabajos y caracoles, y con todos los animales del jardín recorriendo el suelo; aquel suelo que olía tan bien por la humedad de la noche y los aspersores.

Pero a causa de la humedad y el frío creado por el agua de riego, el jardín atraía a muchos caracoles, tantos que se había convertido en un grave problema. Algunas veces, cuando el estudiante regresaba a casa por la noche, para llegar hasta la puerta tenía que atravesar el jardín y luego pasar por un camino rodeado de arbustos. El camino y los arbustos estaban casi siempre mojados por el agua de los aspersores; era como un oasis para refrescarse del calor del verano de la ciudad; un oasis que también atraía decenas de caracoles.

Una noche, cuando el estudiante regresaba a casa, pisó sin querer a uno de los caracoles que había en el camino. No lo hizo a propósito, era de noche y no había luz.

–¡Hey! Señorito, ¿por qué no mira por dónde pisa? –gritó el caracol lastimado.

–Lo siento, no te había visto. –respondió el muchacho inclinándose hacia él.

–Está bien, ¿y ahora qué?

El joven cogió al caracol y lo llevó a su casa. Lo colocó en la mesa y lo examinó con una lupa que usaba para sus sellos.

–No te preocupes, no hay muchos daños, todo saldrá bien. –le dijo al caracol, se fue hacia el baño, y regresó con una caja de tiritas.

—Ya está, pronto te curarás. —le dijo al acabar de colocarle la tirita en la herida.

—Gracias. —contestó el caracol sonriendo.

Esa noche, el joven no durmió muy bien. Soñó que pisaba otro caracol y se sentía muy mal. Cuando se despertó a la mañana siguiente, decidió que no podía dejar que algo así volviese a ocurrir. Así que tuvo una idea; se fue hasta la tienda de la esquina y volvió con una pequeña cajita. Había comprado un marcador fluores-cente.

—¿Brilla en la oscuridad? —le preguntó al vendedor.

—Sí. —le aseguró sonriendo.

—¿Y es tóxico? —le preguntó de nuevo.

—No, no lo es.

Entonces el estudiante recogió todos los caracoles que encontró en el camino, se sentó en el banco de piedra y les pintó las conchas uno a uno con el marcador. Repasó de nuevo el camino, recogió a un par que se había dejado, y cuando acabó los dejó de nuevo en suelo.

Esa noche, cuando regresó tarde a casa otra vez, pudo ver en el camino iluminado como una pequeña galaxia amarilla de caracoles, y de esta manera, logró atravesar el camino sin pisar a ninguno. Al llegar a su casa, se fue directamente a la cama y durmió profundamente sin preocuparse por nada hasta el día siguiente.

¡Y vivieron felices para siempre!

07. La osa que fue al circo

Érase una vez, una hermosa osa marrón que vivía en un bosque cerca de un río lleno de salmones.

Nuestra osa era muy feliz. Se levantaba por las mañanas cuando aún hacía un poco de fresco y después de hacer unos estiramientos, se daba un chapuzón en el río. También se lavaba disfrutando de esa agua tan fresca y pescando uno o dos grandes salmones para desayunar. Después se sacudía un poco en la orilla del río hasta que estaba seca y se tumbaba bajo un árbol para echarse una pequeña siesta. ¡Nuestra osa era tan feliz! Después de descansar un poco jugaba con sus amigos y al medio día comían todos juntos y después se ponían a dormir bajo el espeso bosque. Por la tarde iba en busca de algún panal de abejas para comer un poco de miel, y al anochecer, tomaba una cena ligera y se iba a dormir temprano, abrazada por los sonidos nocturnos del bosque. ¡Qué vida tan hermosa!

Pero un día todo eso cambió. Una mañana, llegaron unas personas. Llevaban redes y conducían unos coches con jaulas. La atraparon mientras dormía y le inyectaron algo para que se quedara profundamente dormida. La pusieron en la red y después en una de las jaulas.

Cuando se despertó, vio varias jaulas con animales a su alrededor. Pudo ver a unos leones y a unos tigres. ¿Dónde estaba? No tardó mucho tiempo en averiguarlo: estaba en un circo. Más tarde, llegó un hombre con un látigo, golpeándolo contra el suelo. Estaba muy asustada, así que decidió no reaccionar. De esta manera, nuestra osa se aprendió todos los trucos que después re-alizaba cada día en el circo. No le gustaban nada todas esas luces y ese ruido. Cada noche, después del espectáculo, regresaba a su jaula y recordaba los días pasados. Deseaba tanto poder volver a su río, cazar salmones, o incluso una trucha, y tumbarse bajo los árboles... ¡Estaba tan triste! Con el paso de los días, fue perdiendo toda esperanza de poder regresar a su hogar algún día.

En el circo también vivía una niña con su mamá y su papá. La pequeña, por supuesto, no trabajaba en el circo, pues iba todos los días a la escuela, aunque algunos días ayudaba a sus papás, que eran acróbatas e ilusionistas, durante las actuaciones. Caminaban por la cuerda floja, se colgaban boca abajo, se lanzaban platos y los atrapaban en el aire... Eran muy buenos y la gente admiraba su actuación mientras reían.

Tan pronto como acababa sus deberes, la pequeña iba a ayudarles y después se sentaba a ver el resto de la actuación con interés. Le gustaban mucho el hombre bala y los payasos, aunque también otras actuaciones.

Entonces vio a la osa que apareció en el escenario justo después de sus padres. Vio lo obediente y lo lista que era, pero también se dio cuenta de lo infeliz que estaba. Parecía como si llevara siempre una máscara, una máscara triste. ¡Se la veía tan miserable!

Un día, al acabar la actuación, la niña se acercó a la jaula de la osa. Estaba tumbada en el suelo y su hocico sobresalía entre las barras. La niña la acarició, pero la osa no intentó apartarse o reaccionar. Se quedó quieta haciendo unos suaves gruñidos.

–¿Qué ocurre, pequeña osa? –le preguntó con cariño– ¿No eres feliz aquí? ¿Qué te ocurre? ¿Quieres regresar a casa?

La osa gruñó suavemente y después empezó a llorar, como si entendiese lo que la niña le estaba diciendo. Lloró casi como un humano, y la niña la acarició y le susurró palabras de consuelo hasta que se hizo de noche.

–Me tengo que ir, –dijo la niña– pero volveré más tarde. ¡Estate preparada! –añadió, y se fue hasta la caravana en la que vivía con sus papás. Se bebió su vaso de leche y se fue directo a la cama.

46

Cuando ya estaban todos dormidos, la niña saltó de la cama y salió a fuera en la fría noche. De vez en cuando podía oír a algún animal despierto que gruñía o resoplaba, o a alguna ave nocturna. La luna se elevaba en el horizonte. La pequeña se dirigió hasta la caravana del cuidador. La puerta no estaba cerrada con llave, ¿por qué habría de estarlo? No tenía nada más que proteger además de las llaves de las jaulas; llaves que la niña cogió con cuidado antes de salir de la caravana.

Se acercó hasta la jaula de la osa y empezó a probar las llaves. La osa se despertó y la miró con simpatía. Era como si estuviese sonriendo, ¿la había entendido? La niña no tardó mucho en encontrar la llave correcta. La puerta se abrió con un pequeño crujido, y la osa pudo ser libre por fin. Miró a la niña con agradecimiento y le lamió la cara.

—¡Vamos, deprisa! —dijo suavemente la niña mientras apuntaba hacia el bosque.

La osa no se lo pensó ni un segundo más. Cuando llegó a la entrada del bosque, se detuvo un momento, se giró y miró a la niña.

—Adiós... —y desapareció en el bosque.

La niña devolvió las llaves a la caravana y se fue directo a la cama.

A la mañana siguiente, encontraron la jaula abierta y vacía. El cuidador se había metido en un lío, pues todos pensaron que se había olvidado de cerrar la puerta. La niña no quería que eso pasase, pero no podía hacer nada, al fin y al cabo, tampoco era tan grave, y en un par de días ya habían olvidado todos el asunto. Todos, menos el domador, que se quejaba porque los leones y los tigres no eran tan obedientes como la osa. Tal vez había llegado el momento de que se retirase y liberase a los animales.

Dos o tres semanas después, un domingo por la mañana, la niña fue al bosque con sus papás. Se sentaron en la orilla del río a hacer un picnic. Entonces, una hermosa osa apareció con tres grandes salmones en la boca y los dejó en el mantel de cuadros. Después lamió la cara de la niña y regresó al bosque.

¡Y vivieron felices para siempre!

08. La fiesta del guisante

Un día, la familia Guisante, formada por el señor y la señora Guisante, Guisantín y la tía Guisante, decidieron celebrar una gran fiesta a la que invitaron a todos sus amigos; pero solo invitaron a otros guisantes, y no a las demás frutas y verduras del vecindario.

El día de la fiesta hacía una noche estupenda, todo era perfecto. Los guisantes se reunieron y festejaron cantando y bailando. Se lo estaban pasando muy bien.

Los señores Calabacines, que vivían justo en el piso de al lado, oyeron la música y a los guisantes mientras cantaban y también les dieron ganas ir a la fiesta. Así que decidieron ir hasta la casa de los guisantes y llamar a la puerta. El señor Guisante les abrió la puerta y dijo:

—¿Sí, en que puedo ayudaros?

—Hola, señor Guisante. —dijeron todos los calabacines a la vez.

—Hola, Calabacines. ¿Qué puedo hacer por vosotros?

—Nos gustaría poder venir también a tu fiesta y divertirnos.

—Oh, pero eso no es posible, amigos. Es una fiesta solo para guisantes.

—¡Por favor! —pidieron todos al unísono.

—Lo siento, pero no es posible. —contestó el señor Guisante y cerró la puerta.

Los Calabacines volvieron a casa muy tristes. ¡Les hacía tanta ilusión ir a la fiesta!

Estaban todos intentando encontrar una solución cuando uno de ellos dijo:

—¡Lo tengo! Ya sé qué podemos hacer. —y subió al ático. Al cabo de un rato regresó con un disfraz de policía.

—¿Qué haces con mi disfraz de Carnaval? —preguntó uno de los calabacines.

—Espera y verás. —le contestó.

Se puso el disfraz, salió hacia la casa del señor Guisante y llamó al timbre. El señor Guisante abrió la puerta y dijo:

—Buenas noches oficial, una linda noche.

—Así es, señor Guisante, pero... tenemos un problema.

—¿Y qué problema es ése, oficial?

—Hemos tenido una queja por el volumen dela música y me temo que va a tener que apagarla.

—Pero eso no es posible. Si apago la música, la fiesta se habrá acabado y aún es demasiado pronto...

—Me temo que no hay nada que hacer, hemos recibido una queja y, al fin y al cabo, ya es algo tarde...

—¿Está seguro de que no hay ninguna otra solución? —preguntó el señor Guisante mientras se rascaba la cabeza apenado.

—Mmmm, bueno, tengo una idea, pero no sé si funcionará...

—Dígame.

—Bueno, podría invitar a todos sus vecinos. De esta manera, tanto si vienen como si no, sabrán que los ha invitado y no se volverán a quejar.

—¡Es una idea brillante! Será mejor que me de prisa y les llame.

—Muy bien, pero le aviso, si se vuelve a quejar alguien más tendrá que apagar la música.

—Sí, sí. ¡No se preocupe!

El astuto calabacín volvió corriendo a casa y les dijo a los demás:

—Todo arreglado. Iremos a la fiesta en unos diez minutos.

El señor Guisante invitó a todos sus vecinos. Invitó a las patatas, a las zanahorias, las cebollas, a los ajos, a los pepinos y a las olivas, a las berenjenas, a los plátanos y a todas las frutas y verduras, y por supuesto, ¡también a los calabacines! Fue casa por casa, piso por piso, llamando a todas las puertas y diciendo:

—Queridos vecinos, siento no haberos invitado antes, y aunque ya es un poco tarde, me gustaría invitaros a todos a mi fiesta.

—Está bien, lo pensaremos... —respondieron los calabacines, y en cuanto cerraron la puerta se echaron todos a reír.

Y así, todos fueron a la fiesta, que fue aún más divertida que antes. Todas las frutas y verduras bailaron y se lo pasaron en grande. Cuando la fiesta acabó, se lo habían pasado tan bien que los calabacines le contaron su pequeña trampa al señor Guisante. Se disculparon, sabiendo que lo que habían hecho no había estado del todo bien. El señor Guisante los miró confuso por un momento y al instante se echó a reír y les perdonó; al fin y al cabo, gracias a ellos, la fiesta había sido todo un éxito.

Y vivieron felices para siempre.

09. Los tres delfines

Había una vez tres pequeños delfines muy amigos. Jugaban y reían juntos todos los días. Después de comer descansaban un poco y seguían jugando hasta la noche. ¡Qué hermosa es la vida cuando eres pequeño y no tienes que preocuparte por nada!

Un día, mientras estaban jugando, vieron un barco a lo lejos. Tenían mucha curiosidad, así que se acercaron tanto que hasta resultaba demasiado peligroso, y mientras jugaban, uno de los delfines fue golpeado por el casco del barco. Por suerte, uno de los marineros lo vio y el capitán ordenó dar la vuelta para recoger al pequeño delfín herido. Enseguida llegaron al puerto en el que había una ambulancia esperando para llevar al delfín al acuario del pueblo.

En el acuario había unas personas expertas que se encargaron de curar sus heridas y cuidar al delfín. Pasaron unos días, y el delfín fue encontrándose cada vez mejor. Se comía el pescado que le daban y nadaba, aunque no con muchos ánimos, por el gran acuario.

Por las tardes iba mucha gente a verlo hacer piruetas. Entre toda esa gente, estaba la hija del cuidador, quien cuando ya no quedaba apenas nadie, también se metía en el acuario y nadaba junto al delfín.

Poco a poco, el delfín y la niña se hicieron amigos. Al principio jugaban con un balón, pero con el tiempo, empezaron a nadar juntos y a perseguirse el uno al otro por el agua. La niña se colocaba en el lomo del delfín, se cogía de la aleta y se ponían a nadar juntos. ¡Todas las tardes se acercaban muchas personas para verles!

Y así, se convirtieron en muy buenos amigos. No solo jugaban juntos, incluso habían empezado a hablarse. Pasó un día, por casualidad. La niña estaba silbándole una melodía cuando se equivocó en una nota, y el delfín la repitió con mucho éxito. Lo siguieron intentando y en pocos días la niña podía reconocer y repetir al menos diez silbidos distintos que emitía el delfín. Unos pocos días más tarde ya era capaz de entender su significado y empezaron a hablar juntos y a jugar a juegos aún más difíciles.

Pero con el tiempo, la niña se dio cuenta de que algo no iba bien.

—¿Qué ocurre? —le silbó una noche cuando acabaron de jugar. Le pareció que su amigo delfín estaba un poco triste.

—Quiero volver al mar con mis amigos. —le dijo el delfín apenado.

La niña no pudo dormir esa noche. A la tarde siguiente, al salir de la escuela, se fue al acuario a buscar a su papá.

—Papá, el delfín no es feliz.

—¿Qué le ocurre, hija?

—Bueno, quiere regresar al mar.

—Hmm, ya veo... Pero, ¿cómo convenceremos al dueño del acuario? Gana mucho dinero con las entradas que la gente compra para veros a los dos jugando.

—¡Tengo una idea!

Al día siguiente, devolvieron al delfín al mar. La niña se puso su traje de baño y se fue al agua con él. Pronto, no solo había un delfín, sino tres. ¡Sus amigos habían llegado! Jugaron todos juntos haciendo aún más piruetas y trucos que antes. Las barandillas que había justo encima de donde estaban los delfines estaban llenas de gente, pues era el mejor sitio para poder verlos y disfrutar del espectáculo.

El acuario continuó llenándose cada tarde durante muchos años. El delfín volvía cada tarde y jugaba con la niña como le había prometido. Cuando la niña se hizo mayor, estudió biología en la universidad y consiguió un trabajo en el acuario; ¡ella y el delfín podían jugar juntos todo el día siempre que quisieran!

Y vivieron felices para siempre.

10. La cabra que no tenía leche para alimentar a su bebé

Érase una vez, una cabra que dio a luz a un precioso cabrito. A los pocos minutos, el pequeño estaba hambriento y quería beber leche, pero la cabra no tenía leche para darle porque el granjero la había ordeñado ese día. ¿Qué iba a hacer? ¿Cómo iba a conseguir leche? Se fue hasta el establo de al lado donde la señora Yegua, que también había tenido a un potro. Tal vez ella tendría algo de leche para darle.

Así que fue hasta el establo de la señora Yegua, pico a la puerta y entró.

—Bee, bee. ¿Señora Yegua, por casualidad no tendrá algo de leche que poder darme? Es que la mía se ha acabado y mi pequeño está hambriento.

—Hiii, hiii. Lo siento, señora Cabra, mi leche también se ha acabado, pues acabo de alimentar a mi pequeño.

—Bee, bee. ¿Y qué voy a hacer ahora? Mi pequeño está hambriento.

—Hiii, hiii. Pruebe con la señora Vaca. Creo que también tiene a un pequeño que alimentar. Tal vez pueda darle algo de leche.

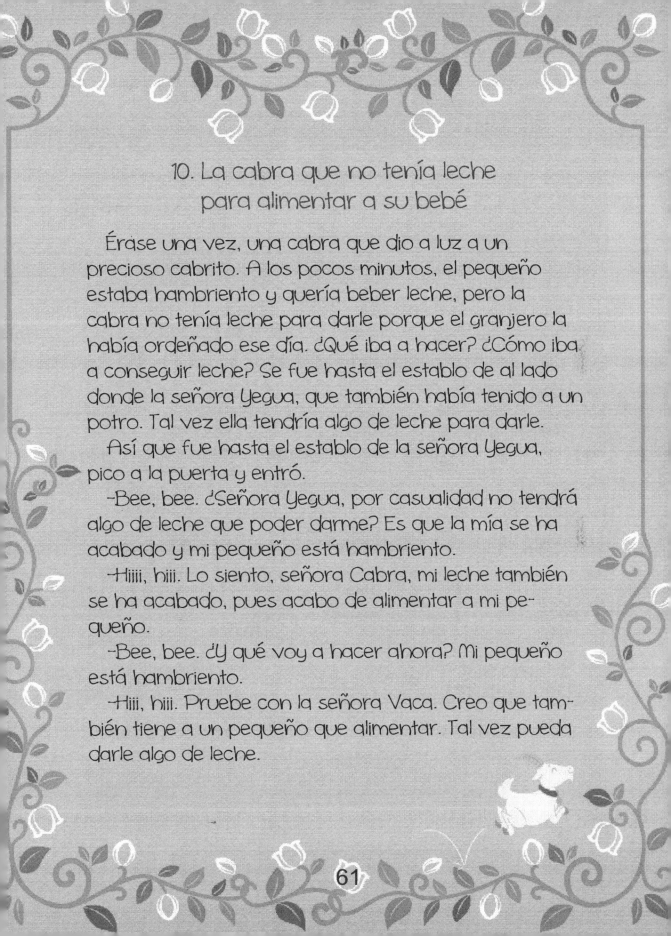

—Bee, beee. Muchas gracias, señora Yegua, eso haré.

Así que la señora cabra se fue a la puerta de al lado donde vivía la señora Vaca, llamó a la puerta y entró.

—Bee, bee. Hola, señora Vaca.

—Muu, muu. Hola, señora Cabra. ¿Qué le trae por aquí?

—Bee, bee. Bueno, es que se me ha acabado la leche y mi pequeño tiene hambre. ¿Tiene algo de leche que pueda darme?

—Muu, muu. Desafortunadamente no tengo leche. El granjero me ha ordeñado esta mañana y no me queda nada.

—Beee, beee. ¿Y qué hago? Mi pequeño está hambriento.

—Muu, muu. Tengo una idea. ¿Por qué no intenta pedirle un poco de leche al hijo del granjero?

—Bee, bee. ¡Buena idea! Lo haré, ¡muchas gracias!

Entonces, la cabra fue hasta la casa del granjero y llamó a la puerta. El hijo del granjero abrió la puerta y le acarició la cabeza y el cuello.

—¿Qué ocurre, pequeña? ¿Quieres que te traiga algo de hierba para comer?

—Bee, bee. No, me gustaría que me dieras un poco de leche para mi pequeño, que tiene mucha hambre.

—¡Por supuesto! —dijo el muchacho.

Fue a la cocina, sacó una gran jarra de la nevera y llenó dos biberones, que eran de su hermano pequeño, y se los llevó a la cabra en una bolsa.

—Aquí tienes. —le dijo, y le colgó la bolsa del cuerno.

—Bee, bee. Gracias, hijo. —dijo la cabra, y se dirigió hasta el establo para alimentar a su cabrito.

Y vivieron juntos para siempre.

11. El muñeco de nieve

Érase una vez, dos pequeños niños, hermanos, que se querían mucho. El día de navidad estuvo nevando todo el día, y al día siguiente, los hermanos se abrigaron y salieron a jugar al jardín con la nieve.

Jugaron durante un buen rato y después decidieron hacer un muñeco de nieve. Hicieron tres grandes bolas de nieve y una pequeña para la cabeza; le pusieron un sombrero, una zanahoria para la nariz y unas bellotas para los ojos. Le pusieron las viejas gafas de sol de su abuelo, le hicieron la boca con ramas y le pusieron una pipa. Finalmente, le pusieron una bufanda y le colocaron unos botones a modo de chaqueta. Los niños jugaron con él todo el día hasta la hora de comer; se lo estaban pasando genial. El muñeco de nieve se sentía muy feliz.

Jugaron con él día tras día. Los niños se lo pasaban muy bien jugando con él, y el muñeco de nieve estaba encantado de verlos tan felices. Todo iba genial hasta que un día salió el sol. Aún era por la mañana temprano cuando el muñeco se dio cuenta de que algo no iba bien. Podía ver las ramas de los árboles goteando y la nieve de su alrededor derritiéndose. Estaba muy triste. Pero entonces los niños

salieron al jardín y le dijeron:

—No estés triste. —le dijo el hermano mayor— no pasa nada si te derrites. Volverá a nevar y te haremos de nuevo.

—Sí —añadió el pequeño—, ¡te lo prometemos!

Y así, el muñeco de nieve ya no se sintió tan mal y finalmente se derritió por completo.

No pasaron muchos días hasta que volvió a nevar. Entonces, los niños salieron al jardín y hicieron de nuevo al muñeco de nieve. Hicieron tres grandes bolas y una más pequeña para la cabeza; le pusieron el sombrero y le hicieron la nariz con una zanahoria y los ojos con unas bellotas. Le pusieron las viejas gafas de su abuelo y le hicieron la boca con unas ramas, y le pusieron una pipa en la boca. Finalmente, le pusieron una bufanda alrededor del cuello y unos botones para la cha-queta. Los niños jugaron con él todo el día hasta la hora de comer. Estaban muy felices; y el muñeco de nieve no podía estar más contento.

Entonces, el sol volvió a salir de nuevo y el muñeco se derritió de nuevo, pero al cabo de unos días volvió a nevar y los niños salieron al jardín para rehacer al muñeco de nieve. Se volvió a derretir y lo volvieron a hacer; se volvió a derretir y lo volvieron a hacer...

¡Y vivieron felices para siempre!

12. El burro y el granjero desagradecido

Érase una vez un burro que había trabajado durante muchos años para su amo, que era granjero.

Había hecho tanto por él. Había cargado piedras para ayudarle a construir su casa, había llevado paja durante el verano y uvas en la época de la vendimia, había cargado con madera en el otoño y el invierno para que el granjero pudiese encender el fuego para entrar en calor. Cargó también con grandes potes de agua para regar los campos... En pocas palabras, el burro había trabajado muy duro toda su vida.

Pero llegó un día en que el burro estaba más cansado de lo habitual: se estaba haciendo mayor. Ya no podía cargar con cosas pesadas como antes. Al principio, el granjero empezó a golpearle, a llamarle perezoso. ¡Qué desagradecido! Hasta que un día se dio cuenta de que el burro ya no podía cargar con cosas como antes y decidió deshacerse de él.

—¿Qué se supone que debo hacer con este animal tan vago? —pensó— No puedo permitirme alimentar a una boca inútil.

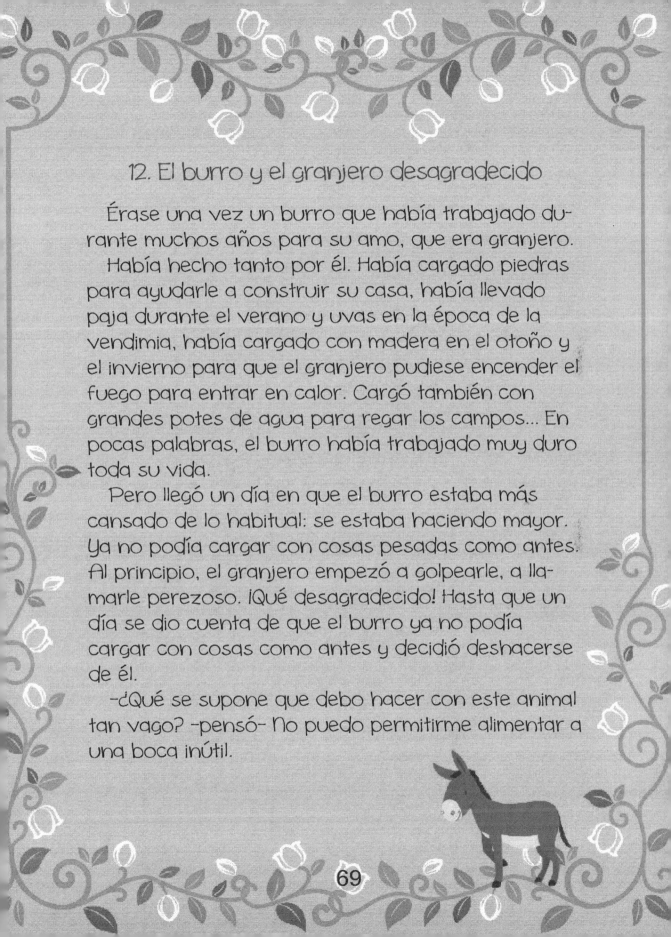

Al anochecer, cogió al burro y lo dejó en la montaña para que se lo comieran los lobos.

Al poco rato, el burro empezó a oír los aullidos de los lobos. Llegaron cinco de ellos y se le fueron acercando con unos ojos que brillaban como bolas de carbón candente. Estaban ya a unos pocos metros, cuando el burro cerró sus ojos y esperó pacientemente; solo esperaba que todo acabase rápido. Pero entonces, escuchó más aullidos. Era otra manada de lobos que también se estaba acercando. Las dos manadas empezaron a pelearse. El burro no podía creerse la suerte que había tenido, así que se alejó sigilosamente y corrió montaña abajo antes de que los lobos se dieran cuenta. Sin ningún otro sitio al que ir, el burro decidió regresar a la casa de su antiguo amo. ¡Tenía mucha hambre!

Fuera de la casa estaba todo muy silencioso. Entonces, vio unas sombras saliendo de una de las ventanas, ladrones pensó. Se acercó sin ser visto y les golpeó con sus patas traseras. Los dos cayeron al suelo. El granjero se despertó por el ruido y cuando salió a fuera a ver qué pasaba, se quedó atónito.

—¡Te abandoné para que te comieran los lobos, y a pesar de todo, me has salvado de los ladrones! ¡Qué persona más cruel que soy! Pero a partir de ahora voy a cambiar y te voy a compensar por ello.

Y así lo hizo. Llevó al burro a su establo y le dio de comer la mejor paja. Desde entonces, el burro solo hacía trabajos pequeños y llevaba a sus nietos de paseo. Y así, el burro vivió muy feliz hasta que llegó a la vejez.

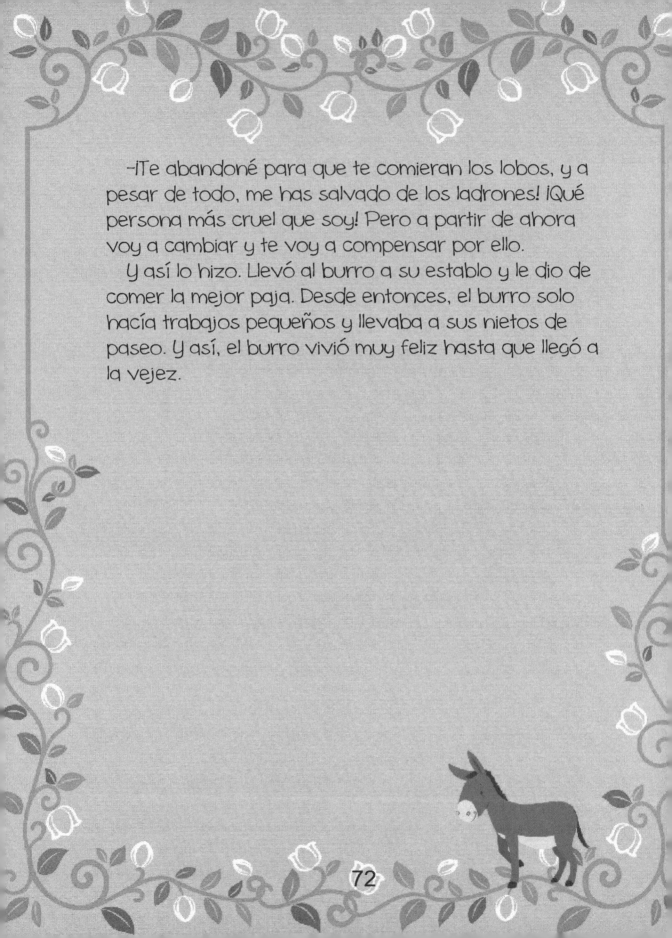

13. La niña y el perro

Érase una vez una niña que tenía un perro muy lindo, los dos eran muy buenos amigos y se querían mucho. Jugaban juntos, comían juntos y dormían juntos. La niña en su cama y el perro en una alfombra a los pies de la cama.

Un domingo por la mañana, la niña salió a jugar con su papá y con el perro. Cuando acabaron de jugar en los columpios, en los toboganes, y con los cubos y las palas, decidieron irse. En ese rato, el perro se había quedado dormido a la sombra; y al medio día, el papá y la niña se habían ido sin el perro.

En cuanto llegaron a casa se acordaron del perro, así que regresaron al parque y le buscaron por todas partes. Mientras tanto, el perro había salido a las calles a intentar encontrar su casa. Le buscaron durante toda la tarde, y cuando llegaron a casa ya se había hecho de noche. La niña estaba muy apenada, así que su papá salió y continuó buscando al perro toda la noche sin éxito.

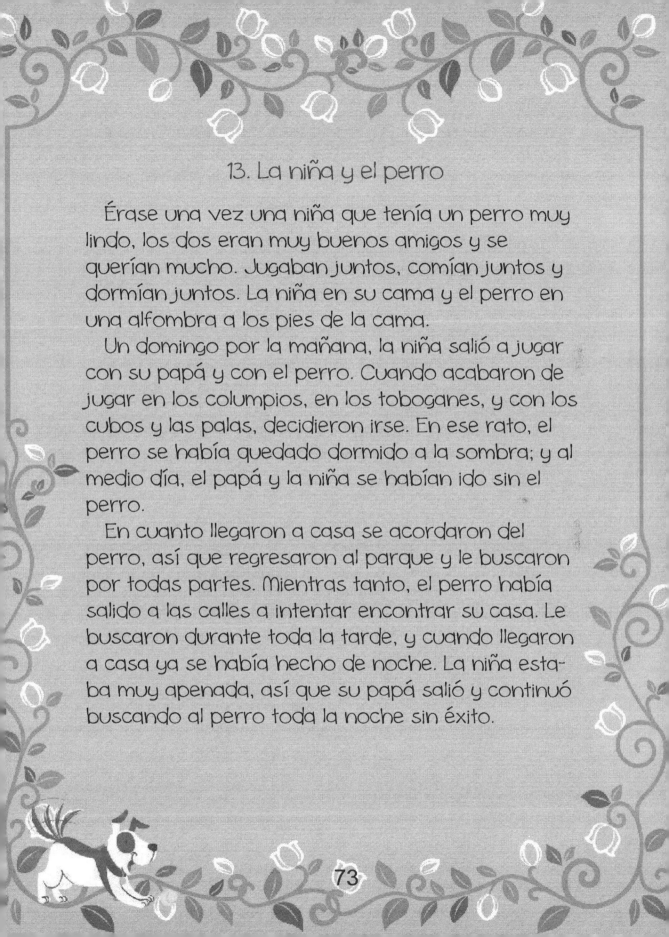

En ese tiempo, el perro había llegado a un barrio cercano. Una señora mayor lo encontró cansado y con hambre, y decidió llevarlo a su casa, lo dejó en un rincón del jardín y le dio agua y comida, incluso le hizo una caseta para dormir.

Al día siguiente, su papá imprimió unas copias de una foto del perro y después de trabajar las colgó por todo el vecindario. Esperaba que alguien lo encontrase y le llamase.

Y efectivamente, al día siguiente, la señora decidió sacar al perro a pasear y vio la fotografía con el número de teléfono. ¡Esa misma noche el perro estaba de nuevo en su casa! La niña estaba muy contenta y el perro no paraba de dar saltos a su alrededor haciendo pequeños sonidos.

Pero la verdad es que la señora mayor se quedó triste porque se había acostumbrado a la compañía de ese pequeño perrito juguetón. La niña la vio mirando al perro con tristeza cuando lo abrazaba y se dio cuenta de lo que había pasado. Le prometió a la señora que irían a pasear hacia su casa y a verla siempre que tuvieran tiempo.

Y así, cada domingo por la mañana, la pequeña niña iba con sus papás y su perro a casa de la señora, y ella les ofrecía galletas, pastelitos y tartas y una gran taza de chocolate caliente. Todos estaban felices, porque veréis, la niña no tenía ninguna abuela, y la señora no tenía ninguna nieta, así que disfrutaban de su compañía mientras tomaban un chocolate todos juntos.

¡Y vivieron felices para siempre!

14. La verdadera historia de la hormiga y la cigarra

Érase una vez una cigarra que vivía en un bosque de pinos cerca del mar. Era verano y su vida era fantástica. La cigarra se levantaba tarde todas las mañanas sin ninguna prisa, se bebía su café y se ponía a cantar hasta el medio día. Luego, por las tardes, se echaba una siesta y continuaba cantando hasta la noche. Qué bonita es la vida en un verano que parece no acabarse nunca. Pero por desgracia para la cigarra, el verano no dura para siempre.

La verdad es que las hormigas ya le habían advertido muchas veces. Ellas se levantaban al amanecer y para cuando la cigarra se había despertado, ellas ya habían cargado con las semillas durante varias horas. La veían estirarse a la hora de comer y le decían:

—Cigarra, será mejor que te apures, el verano no durará para siempre. Ponte a trabajar antes de que sea demasiado tarde.

Pero la cigarra se reía de ellas.

—No sabéis disfrutar de la vida. —les respondía, y seguía con sus cosas.

Hasta que un día, la cigarra notó que el tiempo em-pezaba a cambiar. Al principio hizo un poco de frío, estaba claro que el otoño había llegado. Y entonces, antes de que quisiera darse cuenta, ya era invierno. La sorprendió una mañana cuando se despertó temblando y se encontró todo blanco. ¡Había nevado durante la noche!

La pobre cigarra no tenía nada para comer ese día. En su desesperación por encontrar algo, pensó en las hormigas.

—¿Me pregunto si ellas me darán algo de comer? —pensó.

Llegó hasta la entrada del hormiguero y llamó a la pequeña puerta.

—¿Quién es? —contestó una de las hormigas desde el interior.

—Soy yo, la cigarra. —respondió temblando de frío.

—¿Qué quieres?

—Tengo mucha hambre; tengo hambre y mucho frío.
Abridme la puerta, por favor.

Escuchó la llave y entonces apareció una hormiga y le dijo:

—Pobrecita, ¿acaso no nos pasamos todo el tiempo advirtiéndote de que el verano no iba a durar para siempre?

—Mira, no necesito nada especial, solo un rincón en vuestro hormiguero para entrar en calor y un poco de comida.

La hormiga sintió lástima por la cigarra. Se rascó las antenas y le dijo:

—Espera aquí, veré qué puedo hacer. —y cerró la puerta.

Unos minutos después estaba dentro del cuarto de la reina.

—Su majestad, esta es la situación: la cigarra está fuera, con mucho frío y con hambre, y nos pide que la ayudemos.

—Hmm. —dijo la reina— Ese perezoso insecto no trabajó en todo el verano y se rió de nosotras. ¿Qué dicen los consejeros?

—Su majestad —dijo uno de los consejeros—, dejémosla a su suerte. Le vendrá bien, se lo merece.

—No —dijo un anciana consejera, la más sabia de todas las hormigas—. No está bien dejarla morir de hambre y de frío cuando tenemos la posibilidad de ayudarla. ¿Dónde está nuestra compasión?

Las hormigas escucharon atentamente.

—Sí, pero por otra parte... —interrumpió uno de los consejeros.

—Shhh, —dijo la reina— déjala acabar.

–¿Por qué no hacemos lo correcto? Especialmente si podemos sacar provecho de ello. –continuó la hormiga.

–¿A qué te refieres? –preguntó la reina con interés.

–Bueno, verá su majestad. Podemos traer a la cigarra y darle un rincón donde dormir y algo de comida. ¿Qué nos va a costar? Ella, a cambio, podrá tocar música y cantar para nosotras para que podamos disfrutar después de haber trabajado duro todo el verano. Todos salimos ganando.

–Bien pensado –dijo la reina– por algo todos dicen que eres la más sabia. ¡Traed a la cigarra!

La hormiga volvió a la entrada y le abrió la gran puerta de madera. La cigarra la miró con mucho frío y una mirada esperanzadora.

–Anda, pasa sinvergüenza... –le dijo la hormiga sonriendo con cariño.

Y la cigarra pasó todo el invierno en el cálido hormiguero con un montón de comida, tocando música y cantando sus canciones para que las hormigas pudiesen bailar y pasárselo bien.

Y vivieron felices para siempre.

15. La gallina astuta

Érase una vez, una pequeña gallina que era muy, muy astuta; era tan lista que consiguió librarse de un zorro, que como bien sabéis, es el más listo y más astuto de todos los animales.

Todo ocurrió una noche de verano y en que había luna llena. Hacía un poco de frío, así que las gallinas habían entrado más temprano al gallinero y ya estaban dormidas. Debajo del granero, estaba la casa de Rufus, el perro guardián que también estaba durmiendo profundamente. Entonces llegó Mario, un zorro.

Primero cavó un agujero bajo la valla y enseguida descubrió dónde estaba el corral de las gallinas. Rápidamente, consiguió colarse en el gallinero y cogió a una de las gallinas por el cuello. Y aquí es cuando nuestra astuta gallina se despertó y se dio cuenta de que tenía que actuar rápido si quería salvar su vida

–¡Pssss! Señor Mario. –le susurró valientemente y con su corazón latiendo fuertemente del miedo que tenía.

Una persona valiente no es aquella que no tiene miedo, (una persona que no tiene miedo, simplemente es alguien que no comprende el peligro) sino una persona que, a pesar de estar asustada, es capaz de controlar su miedo. El zorro se giró hacia ella.

–¿Qué quieres? ¿Quieres que te coma a ti primero? –dijo.

–Nooo, señor Mario, sólo quería preguntarte, ¿cómo es posible que un gran depredador como tú atrape a una presa tan pequeña como la que has cogido?

–¡Pequeña! ¿Qué quieres decir con ⟦pequeña⟧? –preguntó el zorro– Esta es probablemente la gallina más grande del corral –contestó decidido a entrar en su juego–, o incluso la más grande de toda la granja. ¿Me estás diciendo que hay otras gallinas aún más grandes?

–¡Por supuesto! Hay una gallina... –dijo mirando al zorro– pero quizás no deba decírtelo... –le dijo haciendo como si se arrepintiese de sus palabras.

Entonces el zorro la cogió del cuello

–¡Dímelo! Dímelo, o sino...

–Está bien, está bien. –dijo la astuta gallina– Mira, debajo del corral hay una gallina gigante que es al menos tan grande como cinco gallinas.

–¿Y cómo sé que me estás diciendo la verdad?

–Bueno, –dijo la gallina– ¡escucha esos ronquidos!

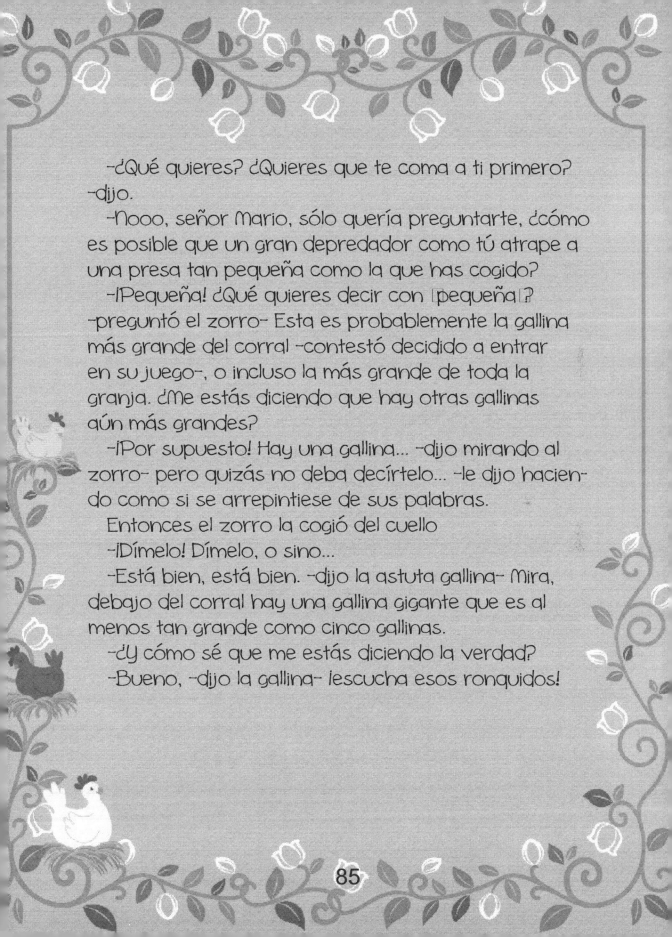

El zorro escuchó atentamente y dijo:

–Tienes razón, debe ser una gallina enorme, como cinco gallinas juntas o, por qué no, puede que hasta diez veces más grande que una gallina normal. Gracias. A cambio por la información que me has dado, te permitiré vivir– y habiendo dicho estas palabras, se fue directa a la caseta del perro.

Lo que ocurrió a continuación es difícil de describir. Todo lo que puedo decir es que el perro lo atrapó, pero consiguió escapar, aunque no salió muy bien parado. Corrió hasta su madriguera donde se quedó una semana entera, lamiendo sus heridas. Se había asustado muchísimo. Algunos dicen que después de eso, incluso se volvió vegetariano...

Y vivieron felices para siempre.

16. Gina, la hermosa mariposa

Érase una vez una hermosa y colorida mariposa que vivía en las praderas. Esta mariposa tenía unas alas únicas que jamás antes se habían visto, con tonos turquesas, amarillos, rojo fuego, púrpura y azul cielo. ¡Era deslumbrante! Y se llamaba Gina.

Desafortunadamente, Gina se había vuelto muy vanidosa y siempre les decía a las demás mariposas:

—Soy muy hermosa, no hay otra mariposa tan hermosa como yo.

Se estaba convirtiendo en una pesada y las demás mariposas siempre trataban de evitarla. Ella solo tenía una amiga, Marla. Marla también era hermosa, tenía unas alas de color azul aterciopelado, pero su belleza era más común. Sin embargo, ella era más lista que su amiga.

—Deja de pensar solo en ti misma y en tu aspecto. Te estás volviendo muy molesta. —le decía muy a menudo.

Y un día en que Gina se había pasado de la raya, le dijo:

—Ten cuidado, puede que llegue el día en que no desearás ser tan hermosa y única.

Ese día no tardó mucho en llegar. Era un día como otro cualquiera, las dos estaban sentadas en una flor bebiendo su néctar cuando de repente vieron una sombra sobre ellas. Unos instantes después se encontraban en una red que usan las personas para cazar mariposas. El hombre las llevó donde tenía sus cosas, incluida una pequeña caja. Abrió la red y cogió a Marla. La sacó y la dejó ir.

—Eres muy común —murmuró— pero tú, ¡tú eres realmente única!

Cogió a Gina y la colocó en la pequeña jaula. Se sentó a la sombra de un árbol, se comió una manzana y se tumbó a descansar. Era medio día y hacía un calor terrible. El hombre estaba roncando muy fuerte.

Gina estaba llorando cuando Marla se acercó.

—Ya te lo advertí, ¿no?

—Sí, —asintió Gina entre sollozos— ¿y ahora qué hago? —añadió.

Marla pensó por un momento y contestó:

—Bueno, solo se me ocurre una solución...

Gina la miró esperanzada.

—¿Ves los barrotes de la jaula? Están hechos de alambre y están muy sucios. Frótate contra ellos, ensúciate y despliega tus alas contra ellos.

Gina hizo lo que su amiga le dijo. En un minuto estaba irreconocible. Sus alas estaban ahora sucias, negras, llenas de rasguños y rotas por algunos lados.

—¿Y ahora qué? —le preguntó tratando de recuperar el aliento.

—Ahora, toca esperar... —respondió Marla.

Las dos esperaron y poco después, el hombre se despertó y empezó a recoger sus cosas. Cogió la jaula y miró dentro.

—¿Qué te ha pasado? —preguntó alterado— ¡Eres la mariposa más fea que he visto jamás! —dijo riéndose. Abrió la jaula y la cogió con cuidado.

—Anda, vete a casa. —le dijo y la dejó marchar.

Tras las próximas lluvias, las alas de Gina se limpiaron y se curaron rápidamente. Volvía a ser tan bella como antes; solo le quedaba una pequeña marca, testigo de aquella aventura que vivió. Pero Gina no volvió a ser la misma; había aprendido la lección y nunca más volvió a alardear de su belleza, y gracias a ello, ¡hizo muchos nuevos amigos!

¡Y vivieron felices para siempre!

17. La oruga que se convirtió en mariposa

Érase una vez, una linda mañana de primavera, una pequeña oruga marrón salió del cascarón que había dejado su mamá. La oruga estaba sola en el mundo, y es que las orugas no tienen mamás y papás que cuiden de ellas como las personas. Empezó a comer lo que su mamá le había dejado al lado del huevo antes de que naciese y luego se puso a comer una jugosa hoja para saciar su gran apetito.

Pasaron varios días y la oruga estaba muy contenta con ese gran regalo que había recibido, que era su vida. Se levantaba por la mañana después de muchas horas de sueño ininterrumpido y se iba a la hoja más cercana que tenía para beber unos sorbos, darse un baño y tomarse su desayuno. Después se disponía a contemplar aquí y allá, admirando con curiosidad todo lo que había a su alrededor. Todo era nuevo y brillante para ella.

Un día, llegó a un pequeño estanque y allí, junto a los juncos, vio una hermosa mariposa azul.

–¡Ohhh! –dijo con admiración– eres realmente her-mosa.

La mariposa sonrió tímidamente y respondió:

–Muchas gracias, pero tú también eres muy hermosa.

—Hmm. Sé perfectamente cómo se me ve, me he visto reflejada en la superficie del estanque y sé que no soy muy bonita. —respondió inmediatamente la oruga.

La mariposa la miró con atención. No sabía si decirle que ella también fue una vez una oruga y que, cuando llegara el momento, ella también se convertiría en una mariposa. La oruga todavía no lo sabía. Tal vez no estaba lista para aceptar la verdad, probablemente no la creería de todos modos, así que al final la mariposa le respondió:

—La belleza también existe en ti, todo lo que necesitas es darle tiempo para que florezca.

La oruga, que por supuesto no sabía el secreto que escondía la mariposa, pensó que solo estaba intentando ser amable y dijo:

—Solo lo dices para que me sienta mejor. Nunca seré tan hermosa como tú.

La mariposa se dio cuenta de que no había por dónde continuar la conversación.

—Recuerda mis palabras. Un día te acordarás de esta conversación. —y se fue volando.

Pasaron unos cuantos días, y la oruga ya se había olvidado de su encuentro con aquella hermosa mariposa azul. No se creyó ni una palabra de lo que le dijo.

Sin embargo, un día, al despertarse se sentía diferente. Se sentía débil, como adormecida. Sentía su estómago revuelto, creía que estaba enfermándose. Finalmente, empezó a enrollarse a sí misma en un capullo de seda. Al principio lo tejía lentamente, y poco a poco fue yendo más y más rápido, y cuando terminó, estaba tan cansada que cayó en un profundo sueño.

Unos pocos días después se despertó. Se sentía renovada, descansada, como si hubiera vuelto a nacer. De hecho, cuando consiguió salir del capullo, se dio cuenta de que ya no era una oruga. Tuvo que extender sus alas para asegurarse; se había convertido en una hermosa mariposa azul como la que había conocido.

Poco después, voló hasta el estanque para poder admirarse. Allí, se encontró de nuevo con la otra mariposa.

–¿Qué te había dicho? –dijo sonriendo– La belleza existe en todos nosotros, solo tenemos que ser pacientes y un día, finalmente, saldrá a la superficie.

Y vivieron felices para siempre.

18. No quedan más galletas en el tarro

Érase una vez, dos hermanas llamadas Sofía y Nelly que se querían mucho y que vivían en una linda casa en Atenas, la capital de Grecia. En Noche Buena, mientras su papá estaba dándose un baño y su mamá leyendo un libro en el sofá, las dos pequeñas se colaron en la cocina, se subieron a un taburete para alcanzar el tarro de galletas que había escondido su mamá en el estante, las cogieron y se las comieron todas.

–¿Quién se ha comido las galletas? –dijo la mamá enfadada.

Las dos pequeñas hicieron como si no hubiesen oído nada.

–A ver, vosotras dos, venid aquí. –dijo un poco más calmada– Sabéis que es Noche Buena, ¿no?

–Sí, esta noche cuando estemos dormidas, vendrá Santa Claus. –dijeron al unísono.

–¿Y qué os traerá Santa Claus?

–Nos traerá muchos regalos, juguetes, libros...

–Y bien, decidme, ¿no dejamos nada para Santa Claus?

–Emmm... Sí, le dejamos un vaso de leche. –dijo Sofía.

–Muy bien, ¿y qué más?

–¿Quizás una carta para darle las gracias?

—Eso también está bien, pero, ¿qué más le solemos dejar?

—Mmmmm, —dijo Nelly— creo que también le dejamos unas pocas galletas, ¿verdad?

—¡Muy bien! Y ahora que os habéis comido todas las galletas, qué le vamos a dejar? ¿Creéis que se irá sin dejaros ningún regalo cuando vea que no le habéis dejado ni una sola galleta?

Las niñas se miraron enseguida asustadas y gritaron:

—¡Papaaá!

—¿Qué ocurre, niñas?

—Papá, tenemos que encontrar unas galletas para Santa Claus inmediatamente.

Su papá se limpió la espuma de la barba y rió.

—Está bien, esperad aquí mientras yo me acerco un momento al quiosco. Ya encontraré algo, unas galletas o pastelitos, o algo similar.

Entonces se vistió, se puso el abrigo y salió a la calle en esa noche fría.

Primero fue al quiosco de la plaza, pero estaba cerrado. Entonces probó en el otro quiosco que había cerca de la escuela, pero también estaba cerrado. Al fin y al cabo, era Noche Buena. Se detuvo un momento y se puso a pensar.

—Está bien, llamaré a mi hermano. —se dijo.

Sacó su teléfono del bolsillo y le llamó.

—Hola, ¿por casualidad no tendrás galletas?... Sí, para Santa Claus... ¿Qué solo tienes una y quieres dejársela a Santa Claus?... Está bien, seguiré buscando. ¡Gracias!

Pensó un poco más y decidió llamar a la tía Luisa.

—Hola, Luisa, ¿te quedan galletas? Las necesito para Santa Claus... ¿Qué? ¿Que no tienes más y también estás intentando encontrar?... Vale, si encuentro algunas te traeré unas cuantas.

Colgó el teléfono decepcionado. Pero entonces, tuvo una idea.

—Niñas, rápido venid. —dijo al llegar a casa cerrando la puerta tras él.

—¿Qué ocurre, papá? ¿Encontraste las galletas?

—No, pero tengo una idea. Nelly, coge el libro de recetas, y Sofía, tú trae la harina y los huevos. ¡Las vamos a hacer nosotros mismos!

Una hora más tarde las galletas ya estaban listas. Se comieron unas pocas, le dieron otras cuantas a la tía Luisa y dejaron un par para Santa Claus. A la mañana siguiente, cuando se levantaron, antes de ni siquiera abrir los regalos, las dos pequeñas vieron que el plato estaba vacío, ¡Santa Claus se había comido sus galletas!

Y vivieron felices para siempre.

19. El cangrejo y el pez

Érase una vez un pequeño cangrejo que vivía en una concha. Un día, el pequeño cangrejo salió de la concha para ir a por algo de comida en la rica pradera de algas. Mientras estaba fuera, pasó un pequeño pez que se sentía muy cansado y que buscaba un sitio en el que descansar. Entonces vio la concha y pensó que sería un sitio muy cómodo para dormir, así que decidió entrar en ella, y a los pocos minutos se quedó dormido.

Un rato después, el cangrejo decidió regresar a su casa para echarse la siesta de la tarde. Cuando llegó, ¡se encontró a alguien durmiendo en su casa! ¿Qué iba a hacer, qué haría ahora con su casa? Decidió ir en busca de su amiga, la gamba.

–Por favor, amiga gamba, ¿puedes ir a mi casa y ver quién está ahí y pedirle que se vaya?

Entonces, la pequeña gamba entró en la concha y empezó a hacerle cosquillas en su nariz con sus bigotes. (nota del autor a los padres: hacedle cosquillas en la nariz a vuestro hijo al mismo tiempo).

El pez se despertó de repente.

–¿Qué ocurre? –salió a fuera y vio al cangrejo– ¿Qué está pasando?

–Lo que ocurre es que me has cogido mi casa y quiero entrar a dormir, así que será mejor que te vayas y no vuelvas.

–Lo siento, –dijo el pequeño pez– no lo volveré a hacer.

Y se fue a toda prisa por si acaso el cangrejo decidía comérselo.

Y vivieron felices para siempre.

20. La niña y la araña testaruda

Papá, ven a ver mi casita, mira qué ha pasado. -dijo la niña apuntando a la casita de plástico que tenía en el jardín.

-¿Qué ocurre, pequeña? Deja que le eche un vistazo...

-Mira, papá, está llena de telarañas.

Su papá se inclinó y miró dentro de la casa.

-Tienes razón -dijo-, una araña ha construido su telaraña en la esquina, pero no te preocupes, yo lo limpiaré.

Cogió la escoba y limpió la telaraña.

-¿Ya está, papá? -preguntó la niña.

Al día siguiente, en cuanto su papá llegó del trabajo, la niña le cogió de la mano y le dijo:

-Mira papá, ven. La araña ha hecho una telaraña aún más grande. ¡No puedo jugar en la casita si está tan sucia!

-Está bien, no te preocupes, yo lo limpiaré.

Cogió la escoba y limpió la casita. Después cogió a la pequeña araña con su mano.

-La sacaré de aquí y así seguro que no volverá a construir su telaraña aquí.

Llevó a la araña con cuidado hasta la cima de la colina y la dejó allí.

Al día siguiente, la niña volvió a buscar de nuevo a su papá y le dijo:

—¡Mira, papá! La araña ha vuelto a hacer su telaraña aún más grande. ¿Qué vamos a hacer?

—Yo me encargo, mi pequeña. —dijo su papá ya molesto.

Cogió la escoba y en cuanto terminó, cogió a la araña y la puso en una caja de cerillas. Se subió al coche y se fue hasta la montaña.

—Ya está. Sal y no vuelvas a la casa. —le dijo el papá mientras la dejaba a un lado del camino.

Pero la araña era muy astuta y testaruda, y tan pronto como cerró la puerta del coche, saltó al guardabarros y se metió en el asiento de atrás a través de la ventana que estaba abierta. En cuanto aparcó el coche, la araña saltó, y antes de que el papá saliese del coche, la pequeña araña ya estaba de vuelta en su rincón.

Al tercer día, cuando el papá apenas terminó de aparcar, la niña le cogió de la mano y lo llevó hasta la casa.

—¡No me lo puedo creer! —dijo desesperado al ver que la araña había cubierto todas las ventanas y la puerta de la casita.

Limpió todas las telarañas y cogió a la araña y la puso en un sobre que cerró con cinta adhesiva. Subió al coche y se fue hasta el aeropuerto. Había un vuelo a Beijing, así que se acercó a la ventanilla y para asegurarse esperó a que pasara un hombre chino y discretamente le colocó el sobre en el bolsillo, y se marchó frotándose las manos. De vuelta a casa, se encontró con mucho tráfico...

El señor chino pasó a la puerta de embarque y finalmente subió al avión. Justo antes de despegar, el señor se encontró el sobre y lo abrió. Sin esperar ni un momento, la araña saltó y se dirigió a la cabina del piloto. Pasó por debajo de la puerta sellada y entró en la cabina y se escondió en el panel de mandos. Entonces se escuchó un sonido penetrante y las luces del panel empezaron a parpadear.

—¿Qué está pasando? —preguntó el piloto

—No lo sé. —contestó el copiloto— Algo va mal en la segunda turbina. Creo que será mejor que regresemos.

—Está bien. Informa a la torre de control y prepárate para aterrizar.

Todos desembarcaron, incluidos nuestro amigo chino y la araña, que se subió a un taxi, y después a un metro y a un autobús. Al poco tiempo, ya estaba de nuevo en casa. Cuando el papá llegó unas cuantas horas después, no se podía creer lo que veían sus ojos. La casa entera estaba cubierta por telarañas. Entonces vio a la araña tumbada disfrutando del sol del atardecer.

—No puedo más, me rindo —gritó y cayó exhausto en el sofá.

Pero la niña no estaba dispuesta a rendirse todavía. Así que se fue a la casita y se puso al lado de la araña.

—Por favor, araña. Sé que necesitas construir tu telaraña en algún sitio para poder atrapar moscas, mosquitos, y otros insectos que puedas comerte, pero ¿sería posible que la construyeses un poco más lejos? Porque aquí es donde yo juego, y no puedo usar mi casita si está toda cubierta de telarañas.

Entonces, la araña, como si hubiese entendido lo que le dijo la niña, cogió la telaraña y se fue hasta un árbol que había cerca. Un poco más tarde, el papá pasó y vio a la pequeña jugando y a la araña tejiendo una gran telaraña en el árbol; en una rama que quedaba lejos de la casa de su hija.

—¿Cómo lo hiciste? —preguntó el papá confundido y lleno de admiración.

—Bueno, no ha sido tan difícil... —dijo la niña sin parar de jugar.

-¿A qué te refieres?

-Tan solo le pedí educadamente que tejiese su telaraña más lejos de aquí.

Y vivieron felices para siempre.

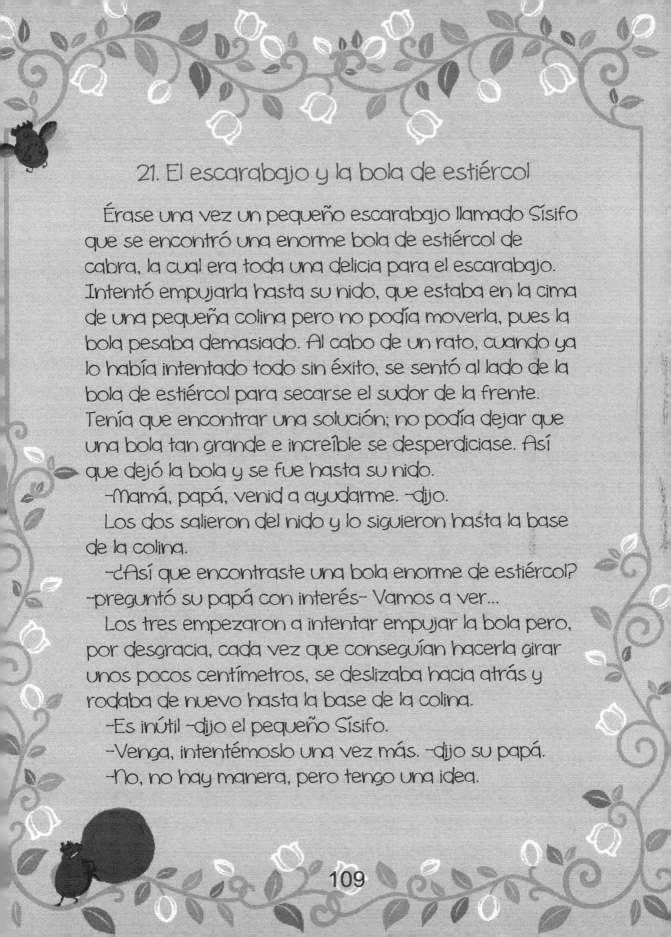

21. El escarabajo y la bola de estiércol

Érase una vez un pequeño escarabajo llamado Sísifo que se encontró una enorme bola de estiércol de cabra, la cual era toda una delicia para el escarabajo. Intentó empujarla hasta su nido, que estaba en la cima de una pequeña colina pero no podía moverla, pues la bola pesaba demasiado. Al cabo de un rato, cuando ya lo había intentado todo sin éxito, se sentó al lado de la bola de estiércol para secarse el sudor de la frente. Tenía que encontrar una solución; no podía dejar que una bola tan grande e increíble se desperdiciase. Así que dejó la bola y se fue hasta su nido.

—Mamá, papá, venid a ayudarme. —dijo.

Los dos salieron del nido y lo siguieron hasta la base de la colina.

—¿Así que encontraste una bola enorme de estiércol? —preguntó su papá con interés— Vamos a ver...

Los tres empezaron a intentar empujar la bola pero, por desgracia, cada vez que conseguían hacerla girar unos pocos centímetros, se deslizaba hacia atrás y rodaba de nuevo hasta la base de la colina.

—Es inútil —dijo el pequeño Sísifo.

—Venga, intentémoslo una vez más. —dijo su papá.

—No, no hay manera, pero tengo una idea.

El escarabajo dejó a sus papás vigilando la bola y subió otra vez hasta su nido. Reunió a todos sus amigos y vecinos y les dijo:

—Necesito vuestra ayuda.

Todos se ofrecieron a ayudar, y bajaron hasta donde estaban esperando los papás de Sísifo.

—Muy bien, ¡todos juntos!

Lo intentaron una, dos, tres, y hasta cinco veces, pero sin ningún éxito. Cada vez que conseguían que rodase casi hasta la cima de la colina, la bola se deslizaba hacia atrás y rodaba de nuevo hasta la base de la colina.

—¡Tengo otra idea! —dijo Sísifo de nuevo.

Los reunió a todos y les contó su plan. Al poco rato, apareció uno con algo de agua que había recogido del rocío de la mañana, otro trajo unas pocas palomitas que encontró al lado de un banco, y detrás otros más traían una guitarra y unas cuantas sombrillas improvisadas.

—Como no podemos moverla, nos la comeremos todos juntos aquí mismo. —dijo Sísifo— ¡Haremos una fiesta!

Pasaron un día maravilloso. Todos compartieron esa increíble bola que Sísifo había encontrado y otras delicias que trajeron los demás escarabajos. Bailaron y cantaron, y se lo pasaron en grande, pues la comida sabe mucho mejor y la música suena más dulce cuando las compartes con los demás.

¡Y vivieron felices para siempre!

22. El mosquito que no podía beber sangre

Érase una vez, un pequeño y travieso mosquito llamado Dimitris. A Dimitris le encantaba volar a toda velocidad y hacer piruetas en el aire. Su mamá siempre le decía:

—Hijo, no vueles tan rápido, te harás daño.

Por otro lado, su papá, que estaba muy orgulloso, le decía:

—Deja jugar al pobre muchacho. No seas aguafiestas.

Su mamá tan solo devolvía un suspiro y volvía con sus asuntos; tenía mucho que hacer.

No pasó mucho tiempo hasta que las palabras de su mamá se volvieron realidad. Una tarde, después de que Dimitris regresara del colegio, mientras jugaba a batallas en el aire con su amigo Petris, hizo un triple giro mal hecho y se estrelló contra un armario.

—¡Hijo mío! —gritó su mamá corriendo hacia donde estaba— ¿Hijo, estás bien?

Dimitris se frotó la cabeza un poco aturdido.

—Estoy bien, creo que estoy bien.

Pero entonces se tocó su trompa y, ¿qué fue lo que vio? Tenía una herida en la punta de su afilada trompa.

Al principio no se dio cuenta de lo seria que era la situación. Fue un poco más tarde, a la hora de cenar, cuando se dio cuenta de que no podía beber

más sangre porque su trompa ya no estaba lo suficientemente afilada para poder traspasar la piel.

—¡Me voy a morir de hambre! —dijo todo asustado, y corrió hasta su mamá.

—Mamá, no puedo beber sangre. Mi trompa ya no está afilada.

Su mamá le miró preocupada.

—Te lo dije. Te dije que tuvieras cuidado y que pararas de hacer esas acrobacias.

Dimitris miró hacia el suelo. Entonces, su mamá lo llevo al médico; no a uno, sino a cinco médicos.

—No podemos hacer nada. —respondieron los cinco— Está dañada. Se mejorará, pero tendrá que esperar a que se cure por sí sola.

—¿Es grave? —preguntó su mamá.

—No, pero tendrá que esperar hasta que se cure por sí sola.

Más tarde llegaron a casa apenados.

—¡Tengo hambre! —dijo Dimitris llorando. Lloró durante todo el camino a casa.

Su papá les había estado esperando.

—¿Dónde habéis estado? Estaba preocupado.

Entonces vio al pequeño llorando y añadió:

—¿Qué ocurre, hijo?

En cuanto se enteró de la noticia, cogió a su hijo en brazos y lo examinó de cerca.

–Está bien, hijo. No es nada, pronto te pondrás bien, no te preocupes. –le dijo al ver que no era nada permanente.

–Ya, pero, y mientras tanto ¿cómo voy a comer?

Entonces, su papá le dijo que esperase. Se fue a la habitación de al lado y regresó con una caña, la cortó diagonalmente para que estuviera más afilada y se la dio.

–Aquí tienes. –le dijo.

Esa noche, antes de ir a dormir, Dimitris comió hasta que no pudo más. Pinchaba la piel con la caña y bebía toda la sangre que podía y enseguida se cambiaba a otro lado.

–¡Qué bien, papá! Has encontrado una solución a mi problema. –le dijo a su papá después de que le contase su cuento a la hora de dormir– ¡Estoy llenísimo!

Su papá le besó cariñosamente y le dijo:

–Tan solo ten más cuidado a partir de ahora, hijo. ¿Me lo prometes?

–Sí, papá. Te lo prometo. Buenas noches. –le dijo, y se puso a dormir.

¡Y vivieron felices para siempre!

Sobre el autor:

La inspiración de Errikos como autor de novelas en el campo general de la fantasía y la ciencia ficción, así como de cuentos para niños, surge del hombre, sus problemas y pasiones, de la naturaleza y la ecología, pero tambien de Grecia (tierra natal del autor), su historia y sus mitos.

Epsilon kappa publishing es la "marca" utilizada por Errikos Kalyvas para publicar sus libros como autor y editor independiente.

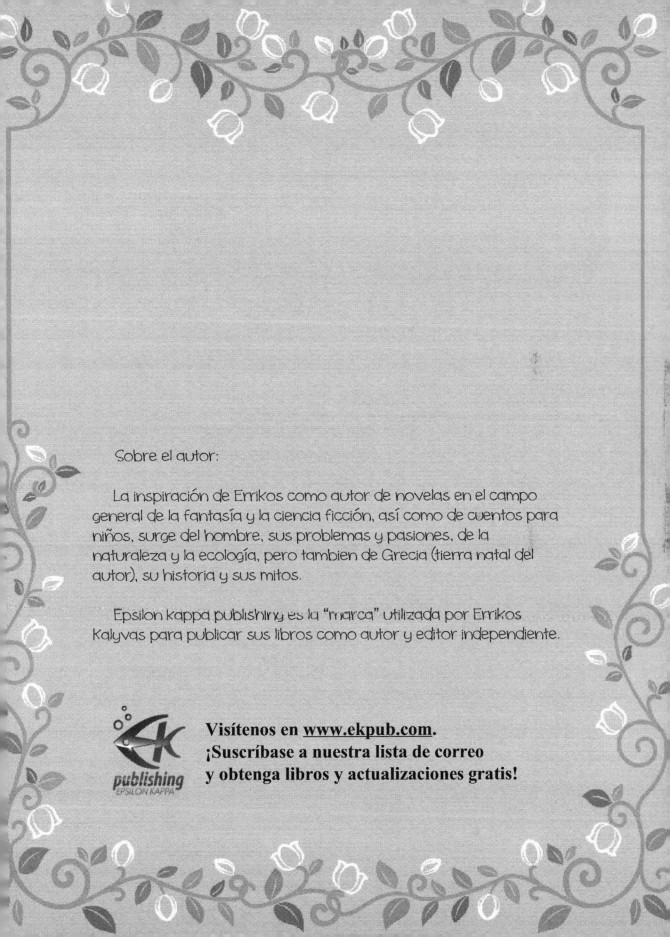